Weg und Ziel

auf dem Weg geh ich zum Ziel
das Ziel, das ich schon kenne?
doch welches Ziel erwartet mich
nein, das Ziel, ich erkenn es nicht
erst wenn das Ziel erreicht
ich weiß
ob Traum und Wirklichkeit sich gleicht

auf dem Weg bin ich am Ziel
den Weg, den ich nicht kenne?
doch welcher Weg erwartet mich
nein, den richtig Weg, den weiß ich nicht
erst wenn der Weg gegangen
ich weiß
ob Traum und Wirklichkeit sich fangen

wer zeigt mir das richtig Ziel
wer zeigt mir den richtig Weg
wer sagt: du musst nach rechts
wer sagt: du musst nach links
wer sagt: du musst durch diesen
eisigkalten Bach
wer sagt: du musst durch diese
heiße Hölle

Pilger auf dem Weg zum Ziel
du irrst in Gestrüpp des leidend Sein
gehen wir zusammen ein Stück des Wegs
ziellos den Weg, den keiner kennt
du nimmst mich, gibst mir dich
ich nimm dich, geb dir mich

Wanderer, gehn wir zu zweit
ein Stück des richt'gen Wegs
entdecken ein hehres Ziel
du und ich werden EINS
für ein Stück des Wegs
den Weg der Unvergesslichkeit

Impressum

Bibliografische Information der Deutschen Nationalbibliothek:
Die Deutsche Nationalbibliothek verzeichnet diese Publikation in der Deutschen Nationalbibliografie, detaillierte bibliografische Daten sind im Internet über dnb.dnb.de abrufbar.

TWENTYSIX – Der Self-Publishing-Verlag
Eine Kooperation zwischen der Verlagsgruppe Random House und BoD – Books on Demand

© 2017 Rupert Merkle
© Einbandgestaltung: Sabine Eichler

Herstellung und Verlag:
BoD – Books on Demand, Norderstedt

ISBN: 9783740735616

Qinghua
Weg und Ziel

Rupert Merkle

Einbandgestaltung

Sabine Eichler

Der Wald war mein Ziel. Ich fuhr mit dem Auto auf der Straße raus aus der Stadt. Auf dem Wanderparkplatz am Waldrand stellte ich mein Cabrio zu den vielen anderen Zweisitzer, die dort schon warteten.
Ich stieg aus.

Der Parkplatz am Waldrand befand sich auf halber Höhe eines Berges, dort, wo ein steiler Hang eine Pause macht. Auf der einen Seite ging es steil den Hang bergauf, auf der anderen steil bergab. Tief eingegraben, ganz unten, floss ein kleiner Bach. Man sah ihn nicht, man hörte ihn. Er plätscherte vor sich hin. Nichts konnte ihn aus der Ruhe bringen. Unentwegt floss das Wasser seinen Weg immerzu bergabwärts.

Ich ging den Weg bergauf. Kurvig führte er durch Talengen, durch Steinschluchten, über eine kleine Brücke auf die andere Seite des Tals. Menschen waren nicht zu sehen; keine Stimme schallte durch den Wald. Ich war allein. Ich spazierte allein im Wald, ganz allein.

10

Nein, Alleinsein ist nicht schön, überhaupt nicht schön. Man sehnt sich immer, ach, wenn doch…, wärst du doch …. Ich machte mir Gedanken und dann kamst du mir wieder in den Sinn: „Qinghua, du bist nicht bei mir und bist doch bei mir, ich denk so oft an dich".

Ich ging. Ich ging auf dem Weg. Niemand sonst war im Wald. Ich unterhielt mich mit Qinghua über das Leben, die Liebe, die Menschen, das Buch Genesis, Adam und Eva, über Kongzi, Laozi, Buddha, den Rigveda, die Bhagavad Gita. Ich sinnierte über Gott und die Welt, über Irrtum und Glaube, über Wege und Ziele. Dabei dachte ich immer dialogisch, so als wäre Qinghua neben mir. Einmal sprach ich meinen Gedanken vor mich hin, dann wieder die Antwort von Qinghua. Zwischendurch fantasierte ich meine Sehnsucht: „Qinghua, du weißt ja, man fantasiert, frau fantasiert ..., wenn Frau ..., es ist gleich, ganz genau gleich, wie wenn Mann …, kein Unterschied. Qinghua, Sehnsüchte sind so wie sie sind!"

Irgendwann und irgendwo, mitten im Wald, ich war schon weit mehr als zehntausend Schritte gegangen, da standen zwischen den Bäumen seltsame Baumstümpfe. Es war ein bizarrer Anblick.
Ich fragte mich, warum sind hier, gar nicht so weit vom Wegs entfernt, diese vielen Baumstümpfe? Es mussten einst stattliche Bäume gewesen sein, von denen nur noch die Reste dem Wind und Wetter trotzten. Sie waren alle ungefähr in meiner Größe, manche etwas größer, manche etwas kleiner, diese etwas dicker, jene etwas dünner. Die Stämme waren so gut wie astlos. Meist zwei, manchmal drei, höchstens vier Totäste zeigten in ganz verschiedene Richtungen. Die Rinde der Baumstümpfe leuchtete seltsam in den buntesten Farben. Eigentlich sind die Stämme durch das Wurzelgeflecht fest verankert. Doch diese Baumstümpfe hier bewegten sich. Sie

bewegten sich zwar ganz langsam, fast unmerklich. Aber sie bewegten sich, obwohl ein Wind überhaupt nicht zu verspüren war. Ich wunderte mich: „Wie nur können sich diese fast astlose und fest verwurzelten Baumstämme ohne Wind bewegen?" Ich kam näher und schaute sie mir ganz genau an. Es waren Baumstümpfe. Es gab viele, sehr viele solcher Baumstümpfe an diesem Ort mitten im Wald.

Ich ging weiter meinen Weg durch den Wald. Die Baumstümpfe wurden weniger und schließlich waren keine mehr zu sehen. Auch Menschen waren im Wald nicht zu sehen. Ich wunderte mich, denn auf dem Parkplatz standen so viele Autos.

Ich genoss den Wald, rund um mich herum nur Wald, wunderschöner hochgewachsener Wald. Und ich genoß die Abgeschiedenheit. Da drängte sich mir Qinghua wieder in den Sinn. Ich erzählte ihr vom vielfältigen Grün der Tannen, Kiefern,

Fichten und Eiben. Dies war nur deshalb so augenfällig, weil die Lärchen und Laubbäume ganz nackt da standen. Lärchen, Buchen, Eschen und Eichen waren noch entlaubt. Der Huflattich blühte nicht, die Schlüsselblumen blühten nicht, die Veilchen blühten nicht. Keine einzige Blume blühte. Nur der Seidelbast zeigte seine feinen Blütenknospen; das Violett schimmerte etwas durch. Aber der Seidelbast blühte nicht, noch nicht. Ich sehnte mich nach Qinghua: „Warte noch ein bisschen, dann werden all die Blumen für uns blühen."

Ich ging weiter auf dem Weg durch den Wald. Irgendwann hörte ich die Stimmen zweier Menschen – zunächst ganz leise. Doch schon im Leisen ließ sich das Schrille erahnen. Es wurde lauter und lauter und schriller und schriller.
Ich kam zu einem Wegkreuz. Dort trafen vier Wege aufeinander. Oder waren es nur zwei Wege, die sich hier rechtwinklig kreuzten? Jedenfalls, wenn man sich in die

Mitte dieser Wegkreuzung stellte, zeigte es sich: Die vier Wege strebten auseinander, strebten in entgegengesetzte Richtungen auseinander, führten zu vier ganz verschiedenen Zielen.

An dieser Kreuzung stritten zwei Wanderer lautstark. Sie stritten, ob sie den rechten oder den linken Weg nehmen sollten oder den gerade aus. An ihren angestrengten krächzenden Stimmen hörte man es ganz deutlich, die beiden stritten schon sehr lange.

Erst als ich schon ganz nah an ihnen war, entdeckten sie mich. Abruptes Schweigen. Verlegen fragten sie mich: „Wir wollen zum Ziel, wir wissen aber nicht, welcher Weg der richtige ist." Höflich erkundigte ich mich: „Zu welchem Ziel wollen Sie denn?" Sie antworteten: „zum Ziel. Es gibt nur ein Ziel und zu diesem Ziel wollen wir." Ich hakte nach: „Das Ziel muss doch einen Namen haben". Verkrampft antworteten sie: „Das Ziel zu dem wir wollen

heißt: Ziel". Ich forderte sie auf, das Ziel ungefähr zu beschreiben. Sie redeten und redeten. Sie redeten immerzu und mir wurde es ganz schwummrig.
Auswendig gelernte Phrasen wechselten mit wirren Lobeshymnen auf das Ziel. Irgendwann gelang es mir mit viel Mühe wieder Gehör zu finden. Ich versuchte sie zu beruhigen und meinte: „Eigentlich ist es doch ganz gleichgültig, ob sie dieses oder jenes Ziel, ob sie auf dem linken oder rechten Weg gehen. Gehen sie doch einfach weiter. Einer dieser Wege wird schon der rechte sein."

Mir war just in diesem Moment überhaupt nicht klar, dass gerade dies ihr Streit war. So fingen sie wieder an zu streiten. Schließlich meinte ich zu ihnen: „Geht doch den Weg, den ihr gekommen seid". Trotz ihres unerbittlichen Streits nahmen sie diesen Satz noch wahr. Sie stockten, befanden die Idee genial und bedankten sich für den klugen Rat. Ich ging weiter meinen Weg.

16

Die beiden Wanderer blieben stehen – besinnlich, schweigend.
Es dauerte jedoch nicht allzu lange, da hörte ich sie wieder streiten, heftiger als je zuvor. Ich konnte nur noch Satzfetzen vernehmen: „will zum Ziel und nicht zurück ..." „ ... weiß nicht mehr, woher wir gekommen sind....". Der Lärm des Gezänks wurde leiser und leiser und verschwand ganz allmählich. Ich ging weiter meinen Weg; die Stimmen verstummten.

Wieder regierte die Ruhe, die Stille des Waldes: das Plätschern des Bächleins, das Summen der Insekten, das Prasseln der Steinchen bei jedem Schritt, das laute Knacken brechender Ästchen, ein krächzender Schrei oder das Gezwitscher eines Vogels und ab und zu das Fluchtgeräusch eines aufgescheuchten Rehs. Oder war es ein Hase?

Ich ging weiter, diese Waldesruhe ist erholsam, entspannend. Mein Geist jedoch ruhte nicht. So murmelte ich vor mich hin:

„Qinghua, die armen Wanderer, da gibt es so viele Narren und Gaukler auf der Welt, sie reden alle von einem Ziel und noch viel schlimmer, sie gaukeln vor, es wäre das einzig wahre und rechte Ziel. Sie beschreiben das Ziel und waren selbst noch nie dort. Qinghua, ich hab's schon oft gesagt, die Armen glauben daran, denn es ist für sie der bequemste Weg."

Ich ging weiter und traf auf eine Wegspinne. Bei dieser Wegspinne trafen Wege aus acht Richtungen zusammen in einem Punkt. Die Wege sahen sich zum verwechseln ähnlich. Noch in Sichtweite unterteilten sich manche dieser Wege mehrfach. Dort an der Wegspinne saßen zwei Wanderer mit ineinander geschlagenen Beinen auf dem Boden in tiefster Versenkung, unbeweglich, versteinert.

So kühn wie ich bin, begann ich zu pfeifen. Laut pfiff ich: „Das Wandern ist der Menschen Lust". Die Wanderer schreckten aus ihrer Totenstarre auf. Doch wider

erwarten zeigten sie sich überhaupt nicht verärgert. Sie lächelten freundlich entspannt, schienen gelöst, erlöst. Ich war verdutzt.
Deren Freundlichkeit beantwortete ich mit Freundlichkeit. Neugierig fragte ich die beiden: „Wie lange sind Sie schon hier? Warum meditieren Sie gerade hier auf dieser Kreuzung mitten in diesem Wald?" Sie antworteten ganz gelassen, gleichzeitig, aus einem Munde: „Wir sind auf dem Weg und der Weg ist unser Ziel". Ich meinte zu Ihnen: „Weg hat etwas mit Bewegung zu tun, sie aber verharren gerade im Stillstand". Ich wiederholte langsam das Wort „Be-weg-ung" die Silben klar von einander getrennt. Den – weg – dehnte ich dabei besonders lang. Schon fingen sie an zu schluchzen: „Ja, das ist es ja. Schon seit Jahren sitzen wir hier. Wir sind zwar auf dem Weg, der Weg ist unser Ziel. Nun gibt es aber acht Wege und wir wissen nicht mehr weiter! Welcher von den acht Wegen ist unser Weg? – ist unser Ziel?". Sie jammerten dann einstimmig: „Alle

sagen, der Weg ist das Ziel. Vielleicht sind wir ja bereits am Ziel. Wir wissen es nur nicht, deshalb meditieren wir hier über den richtigen Weg."

Mitleidig bekräftigte ich mit bestimmendem Ton: „Wanderer, wenn der Weg das Ziel ist und sie auf dem Weg sind, sind sie am Ziel, denn hier treffen viele Weg zusammen." Verwundert schauten die Wanderer ob der klugen Rede und blickten fragend: „Was sollen wir tun". „Gehen sie doch einfach den Weg zurück, woher sie gekommen sind!" antwortete ich. Diese Idee fanden sie genial und sie bedankten sich für den klugen Rat. Während sie noch miteinander redeten, ging ich weiter meinen Weg. Die Wanderer murmelten, die Stimmen wurden leiser und leiser. Schließlich hörte ich noch Bruchstücke: „ … wissen nicht, welchen Weg wir gekommen waren …" „… diese Wegspinne kann doch nicht unser Ziel sein …". Die Stimmen verstummten abrupt. Ich drehte mich noch um und sah die beiden die

Beine ineinander geschlagen auf dem Boden sitzend – wie versteinert. Ich ging weiter.

Ich ging einfach weiter. Ein Feuersalamander huschte quer über den Weg und verschwand abseits des Wegs. Ich ging ihm nach, suchte ihn. Doch er war bereits verschwunden. Genau dort, wo er verschwunden war, entdeckte ich einen Pfad. Eigentlich war es überhaupt kein Pfad, sondern nur die Andeutung eines Pfades, ein Wildwechsel. Ich sorgte mich: Lockte mich etwa dieser Feuersalamander auf einen Abweg, lockte er mich in eine Falle? Die Neugier trieb mich. Ich ging auf dem Wildwechsel. Vor mir erhob sich ein mit stacheligem Brombeerdickicht bewachsener Erdwall. Der Wall, so klein er war, versperrte die Sicht. Mir war klar, der Wall hatte etwas zu verbergen.

Der Wildwechsel führte über den Wall; das Brombeergestrüpp war an dieser Stelle niedergedrückt. Ich erklomm den Wall. Oben, auf dem Scheitel, eröffnete sich mir eine Weite, eine unendliche Weite. Ein Moor verlor sich in der Ewigkeit. Zuvorderst ein großer Moorsee in dessen dunklem Wasser sich der Himmel spiegelte. Ganz hinten leuchtete das Weiß der Birken, die sich in den Himmel streckten vor dem Rotbraun der Erika und umspielt vom Grün des Wacholders.

Ich ging den Wall hinunter ans Ufer des Moorsees. Ganz vorn, etwa drei Meter vom Ufer entfernt, ragte ein ange-mooster Baumstumpf nur wenig aus dem Wasser. Der Umfang des Stumpfes und die Äste, die vor langer Zeit abgebrochen sein mussten, zeugten davon, dass es einst ein riesiger knorriger Baum gewesen war. Pflanzen und Insekten belebten das teils morsche, teils vom Wasser gut erhaltene Holz.

Auf dem Baumstumpf ruhte ein Feuersalamander. Eigentlich verbergen sich Feuersalamander in dieser Jahreszeit in ihrem schützenden Versteck. Doch dieser war anders. Seine leuchtend gelbe Zeichnung hob sich ab von der dunklen, blaugrün schimmernden feuchten Haut. Einzigartig. Als er mich erblickte, hob er kurz den Kopf, kümmerte sich aber nicht weiter um mich. Der Salamander fühlte sich derart in Sicherheit, denn jederzeit konnte er im dunklen Wasser abtauchen.

Neben dem Baumstumpf schien eine Blume über den Salamander zu wachen. Mit voller Spannkraft ragte sie graziös zwischen den knorrigen Ästen aus dem Wasser empor und schien jede Bewegung in Wind und Wasser mitzutanzen. Ihre stählerne Selbstsicherheit wurde durch ihre Anmut weich gezeichnet. War es Wirklichkeit oder Einbildung.
Ihre grünblauen Blätter waren ungewöhnlich groß und wogten flach auf dem Wasser, als ob sie bei Wind und Wetter

den Himmel von der Erde trennen müssten. Auf ihrem senkrecht hochragenden Stengel entfaltete sich die filigrane Blüte seltsam asymmetrisch. Es schien so als ob die Blüte auf ihrem hohen Stengel die Erde mit dem Himmel verbinden wollte.

Sowohl ihre Blätter als auch ihre Blüte waren blaugrün, wobei jedoch bei den Blättern das Grün überwog und bei der Blüte das Blau. Der Fruchtknoten war von sattem Grün, nur der Stempel, ganz oben, dort wo die Pflanze die Pollen empfängt, war von erhabenem Rot. Die neun Staubbeutel, ringförmig um den Fruchtknoten angeordnet, leuchteten im Gelb des Salamanders. Was aussah wie eine auf dem Wasser schwebende Pflanze täuschte. Die Pflanze war fest verankert im Wurzelgeflecht des uralten Baumes. Es war eine einzigartige Pflanze, unglaublich elegant und strah-lend. Sie strotzte vor Schönheit.

Es gab jedoch kein Weg, den ich weitergehen konnte. Ich kehrte um, ging den Wildwechsel zurück. Am Weg ange-langt, kam mir Qinghua wieder in den Sinn. Ich fabulierte zu ihr: „Die armen Wanderer tun mir leid. Sie gehen die vorgezeichneten Wege und weichen nicht ab. Die einen sagen, man muss auf dem Weg zum richtigen Ziel, die anderen sagen: der Weg ist das Ziel. Die Armen glauben den Gauklern und Schwätzern. Die Wahrheit und die Schönheit zeigt sich aber erst auf den Abwegen."

Ich ging weiter. Ein Paar begegnete mir; eine jüngere Frau, bunt bekleidet, zwei Zöpfchen und Sommersprossen; ein älterer Herr, weißer Bart, lange graue Haare. Die Härte des Lebens schien ihn gezeichnet zu haben; und doch strahlte er vollkommene Zufriedenheit aus. Er humpelte während sie eher hüpfte; die Freude auf die Zukunft war beiden anzusehen. So glichen sich beider Aura.

Trotz ihrer Kleidung schienen beide nackt – ja, sie schienen nackt –, so nackt, wie eben innige Verbundenheit ist. Sie lachten und freuten sich, und sie strahlten dieses aus. Sie stritten nicht, sie meditierten nicht, sie gingen ihren Weg. Sie grüßten mich freundlich und fragten: „Einsamer Wanderer! Wer bist du? Was suchst du?" Ich antwortete: „ich bin ich, ganz einfach, weil ich bin. Ich suche, aber ich weiß nicht, was ich suche. Ich werde es schon finden." Das seltsame Paar nickte mit den Köpfen, entspannt lächelnd ertönte ein ruhiges Duett: „Ja, Wanderer, du bist auf dem richtigen Weg. Pass auf, bald kommt die Kreuzung des Schicksals, nehme den richtigen Weg!" Die beiden und ich gingen den entgegengesetzten – oder vielleicht doch den gleichen Weg. Ich ging dort hin, von woher sie gekommen waren.

Ich ging weiter und erreichte eine Weggabelung. Drei Wege führten zusammen. Zwei Wege davon trafen im spitzen Winkel auf den, wo ich herkam. Kein einziger Wanderer war da zu sehen, keine streitende noch meditierende. Es war wohl die Kreuzung des Schicksals: man überlegt nicht lange, sondern man geht. Dem Schicksal fügt man sich. Auch ich ging, ohne lange zu überlegen ob rechts oder links. Ich ging einfach weiter.

Der Weg verengte sich immer mehr, der Weg war immer weniger Weg. Schließ-lich war es nur noch ein Pfad. Nahtlos ging der Pfad in das Bachbett über – mitten im Wald. Das Rinnsal war unwegsam, unpfad-sam und endete abrupt an einem hohen unüberwindbaren Felsmassiv.

Es gab kein Weg vorbei, es gab kein Weiterkommen.

Der fast senkrechten, zerklüfteten Fels-wand entsprang eine Quelle, die das Rinnsal auf den Weg brachte. Nur leise plätscherte das Wasser vor sich hin.

Ich hatte keine andere Wahl: Mein Weg war zu Ende! Ich setzte mich nieder, ruhte mich aus; und schöpfte neue Kraft.

Ich kehrte um.

Ich watete durch das Bachbett in die Richtung, in die das Wasser floss, bergabwärts. Ich kam zu der Stelle, wo sich das Bachbett und der Pfad trennen. Erst da wurde es mir klar, ich kehrte eigentlich gar nicht um, ich ging nicht zurück, ich ging weiter, ich ging weiter nach vorne. Ich schlich auf dem Pfad, der vom Rinnsal zum Weg führt. Ich ging auf den Weg und passierte die Weggabelung. Ein Feuersalamander kreuzte den Weg. „Nett! dieser Feuersalamander", dachte ich und kümmerte mich nicht um ihn. Ich ging weiter.

Doch dann meldete sich Qinghua wieder in meinen Gedanken. Ich erinnerte mich an den Baumstumpf mit dem Salamander, an die unendliche Weite des Horizonts und ich erinnerte mich an die qing-farbene Pflanze.

War es Traum oder Wirklichkeit? Ich entschied mich, ich ging zurück, verließ den Weg, kämpfte mich auf dem Wildwechsel durch das Brombeerdickicht und überwand den Wall.
Ich stand am Ufer des Moorsees. Mein Blick schweifte entlang des Horizonts. Der Feuersalamander auf dem Baumstumpf kümmerte sich nicht um mich. Ich betrachtete die Pflanze, deren Blätter auf dem Wasser wogend Erde und Himmel trennt und die in den Himmel ragend Erde und Himmel verbindet. Sie schien mich anzulächeln. Ich versuchte mit der Pflanze zu sprechen. Sie antwortete nicht.

Es gab kein Weiter. Ich kehrte wieder um. Den Erdwall hatte ich überwunden und das Brombeerdickicht hinter mir gelassen; ich erreichte den Weg. Da stand Qinghua mitten auf dem Weg, leibhaftig.

War es Traum oder Wirklichkeit? Ich rieb mir die Augen, ich zwickte mich. Es nützte nichts, es war kein Traum, es war so.
Qinghua stand neben mir. Ich ging weiter, Qinghua ging mit. Qinghua hakte sich bei mir ein. Arm in Arm gingen wir den Weg. Qinghua und ich, wir gingen zusammen.

Ein einsamer Wanderer, Frau oder Mann, ich konnte es nicht erkennen, begegnete uns. Qinghua und ich waren entspannt, fröhlich. Der Wanderer war die Freundlichkeit in Person. Wir fragten ihn: „Wanderer! Wer bist du? Was suchst du?" Er oder sie antwortete: „ich bin ich, ganz einfach, weil ich bin. Ich suche, aber ich weiß nicht, was ich suche. Ich werde es schon finden." Wir nickten einträchtig: „Ja, Wanderer, du bist auf dem richtigen Weg.

Pass auf, bald kommt die Kreuzung des Schicksals, nehme den richtigen Weg!" Der Wanderer und wir gingen den entgegengesetzten oder vielleicht doch den gleichen Weg. Er ging dort hin, von woher wir gekommen waren.

Wir erreichten die Wegspinne. Die beiden Meditierenden saßen beide noch da, die Beine ineinander geschlagen. Sie waren versteinert. Algen und Moos belebten die Körper. Qinghua und ich sagten einmündig: „der Weg ist nicht unser Ziel. Wir gehen einfach weiter, egal wohin, wir gehen den richtigen Weg, egal ob rechts oder links, ob gerade aus oder wieder zurück, wir gehen zusammen". Wir gingen weiter, wir gingen zu zweit.

Qinghua und ich genossen die Stille des Waldes. Wir hielten kurz an, schauten uns in die Augen. Während die Augen ineinander ruhten, plätscherte das Bächlein, summten die Insekten. Wir gingen weiter.

Die durch Schritte aufeinanderprallende Steinchen prasselten, brechende Ästchen knackten, ein Vogel krächzte, andere sangen. Ein aufgescheuchtes Reh erschütterte diese Waldstille – nur für einen Moment. Oder war es ein Hase?

Doch dann wurde diese Ruhe gestört. Stimmen schallten durch den Wald. Die Stimmen wurden lauter, die Stimmen wurden schriller. Wir erreichten die Wegkreuzung. Die beiden Wanderer stritten immer noch um den richtigen Weg zum Ziel, das sie nicht kannten. Sie waren in ihren Streit derart verbohrt, dass sie uns überhaupt nicht bemerkten.

Wir gingen vorbei. Danach suchte Qinghua meine Augen. Nur allzu bereitwillig ließ ich sie diese finden. Ich schaute ihr in die Augen, tief in die Augen. Wortlos verstanden wir uns: „Rechts, links, gerade aus, zurück? Wir sind uns einig, wir gehen den richtigen Weg, ob rechts, links, geradeaus oder zurück, wir gehen zusammen".

Wir, Qinghua und ich, gingen zusammen weiter.

Das Grün der Tannen, Kiefern, Fichten und Eiben war nun meist verdeckt durch das hell leuchtende frische Grün der Lärchen, Eichen, Buchen und Eschen. Der Huflattich blühte, die Schlüsselblumen blühten, die Veilchen blühten. Der Seidelbast war bereits wieder am verblühen.

Es waren keine tausend Schritte mehr zum Parkplatz, da verließen wir den Weg. Qinghua und ich gingen ins Unwegsame. Wir standen uns gegenüber, blickten uns in die Augen, spürten unseren Atem, rochen unseren Duft, fühlten unsere Wärme. Die Arme waren nicht mehr ineinander gehakt. Wir umarmten uns, ganz dicht, nichts passte zwischen unsere Körper. Eng umschlungen standen wir da, umgeben von den vielen anderen Baumstümpfen. Ganz sanft bewegten wir uns. Ein Wind war nicht zu verspüren.

Die Sonne war zwischenzeitlich untergegangen. Die Farben verdunkelten sich. Das Bächlein ganz unten im Tal plätscherte unbekümmert vor sich hin. Das Wasser rann seinen Weg, kein noch so harter Stein konnte es aufhalten.

Dann ging ICH zum Waldparkplatz, stieg ins Auto, Zweisitzer, Cabrio. WIR fuhren auf und davon.